清·梅窗主人 撰

百寶箱傳奇

中國書店

據中國書店藏清乾隆刻本影印原書版框高十六點八厘米寬十二點一厘米

出版説明

《百寶箱傳奇》二卷，清梅窗主人撰。

梅窗主人，清乾、嘉間人，姓名、籍貫、生平不詳。

該劇作于乾隆四十六年（一七八一），二卷共三十二出。作者根據《杜十娘怒沉百寶箱》，將其改爲『十娘投江遇救，暫栖庵中。柳遇春告假還鄉，路遇十娘，將其帶回蘇州。李甲行舟洞庭遭劫，祗身流落蘇州，于玄妙觀賣字時遇柳遇春。柳贈其盤纏使之上京應試，并假言有一遠房表妹，才貌雙全，欲許與爲妻。李甲高中狀元，遣媒人至蘇州柳府求親。洞房花燭夜，李甲始知所娶即十娘，驚喜异常。十娘命丫鬟暴打李甲，以懲薄倖。李甲苦求得免，二人和好如初』。要其大旨，作者欲通過這出故事，寓意深刻地貶斥那些貪利忘義的無耻小人。

《百寶箱傳奇》一書，早在上世紀六十年代由多名戲曲專家所擬的《古本戲曲叢刊》第六集目録初稿中，就曾打算收入、影印，但由于難尋原刊本，祗能以北圖所藏『光緒二十年石印巾箱本』爲底本。以此可知清乾隆刻本存世極爲稀少，即使是刻意搜求戲曲書籍的專家學者也難能一見，祗能用光緒石印本替代。

中國書店所藏《百寶箱傳奇》正是流傳罕見的清乾隆刻本。是書前有梅窗主人自序，半頁九行，行二十字，白口，四周雙邊，以巾箱本形式刊行，尺寸不及盈掌，保存完好，别具風格。

現將本書影印出版，滿足專家、學者及廣大傳統文化愛好者的需求，以推動古籍文獻整理與學術研究。

中國書店出版社

癸巳年夏月

序

小說家傳杜十娘怒沉百寶箱故事其說娼也贖身從李甲李窮困京師得柳生輸金挾杜歸江南至揚州江上有孫富者艷其色鬭以千金李竟委杜歸之十娘方以百寶囊箱知李甲迫於嚴命畏不敢歸以是爲貲恣情山水而孫故迫之竟致投江而死其後柳生至溺所夜夢杜凌波贈箱爲前日助金之報如是而已予閱其傳而心竊憐之杜以樂籍從良其來雖不臧而激情憤志居然節烈可風其視石氏綠珠

又何如也操行冰玉凜不可污乃汨没江流銷沉終古會不得如文姬有冢眞娘有墓騷人詞客尚得過而弔之亦可悲矣雁坵歌闋累軸盈編至今傳載誌典凡物有情尚足感人如此而況於杜耶燕子樓詩吾欲與諸君子徵歌而傳詠之矣儒者不追既往從善則善釋氏以當下解脫爲清證三途六道一日涅般九蓮池中稱無尚菩提今杜孅以風月之姿厲冰霜之節不得復以娼論有心者爲之原其情而悲其遇所欲極拯救其人榮寵之以美其報不當衆聽其

死而當委曲求全以設言其生也豈不是歟辛丑秋八月予方夜坐漏下燈殘百蟲絮語憶十娘事凄婉不能釋影響恍惚之間冉冉如欲出者吾亦不知當日者果有此人亦果有此事抑或說者虹影蜃樓作此燦花之論也而吾以一朝幻想搆成幻境書成幻筆爲之譜入傳奇使得按拍而歌之殆所謂無情而有情者耶乾隆辛丑冬十月下浣梅窗主人序

題詞

江琮圖崑

一種情癡太認眞綠珠遺韵是前身李郎空有分香女慚愧當年石季倫

翠羽明璫委逝波扁舟相對淚傾河夜深應有潛蛟泣直欲同聲唤柰何

多情誰似椰屯田夢斷鴛衾賴宛全從此騷壇傳韵事共推高誼薄雲天

獵獵西風冷絳箋擢瑜新唱麗娘箋若非玉茗堂前筆千古傷心竟不傳

張琴川尚絅

偶拈毫素托深情好惡姻緣組織成要使青樓存志節不妨薄倖屬書生

千里歸帆擁艷粧月明瓜步夜相羊眼前樂事翻成恨檀板紅牙總斷腸

大江東去海門賨玉碎珠沉萬口嗟譜入詞人新樂府不須重爲聽琵琶

飄泊空門心已枯那堪隱泣忍秋胡不知棒喝禪燈

下多少恩讎悔也無
終始成全仗友生柳郎也爲惜傾城笑他濁世佳公
子淚得人間好色名
血染桃花扇底春勾欄儘有守貞人云亭老去憑誰
繼聽取江南曲調新

張東岩 履泰

牙板新歌杜十娘梨園譜就炳琳瑯藍田玉碎空憑
弔合浦珠還妙闡揚一點靈犀情脉脉千重磨蝎恨
茫茫可憐揚子江頭月猶照騷壇刺史狂

劉清江 源濱

是誰歌舘作班頭珠箔銀箏夜未收看取揚州江上
事怎教人不怨風流
北望江流疊浪高邗山邗水路迢迢多憐一日蛾眉
恨未許風前咽暮潮
六時鐘磬一龕紗洗盡脂鉛入釋家唯有畫眉人不
捨務教並蒂作蓮花
淮南木落洞庭波譜得新詞入調歌紅粉到今無覓
處算來騷客自情多

劉牧人謙

一種傳奇假共眞莫教魚埜美人身是誰收拾風流
意唱遍江南一水濵
懷恨沉江事不平一時玉碎使人驚無情翻作多情
說究是黃生是李生
青樓逸事可堪憐一點貞心百載傳爲道相思無斷
處生生死死作姻緣
綠珠烈性較何如俠氣今傳女校書一自詞人揮彩
翰牡丹亭外又披圖

方笠塘本

說到姻緣有折磨一尊談笑起風波空餘賈客千金
在奈失香奩百寶何姿命料應如紙薄人生不合是
情多判教萬頃長江水解脫愁魔與恨魔
遮莫前生種佛田紅繩百尺斷還連歡從盡後都成
幻悔到眞時郎是緣五夜鞭箠當棒喝百年歌哭証
情禪煩君一管生花筆補盡人間離恨天

卞振千　如岡　集百寶箱句

欣看淑女伴仙郎一種傳奇杜十娘續就艮姻還一

對生生世世永難忘
華堂開處倚雙肩春去人間四月天看取娉婷渾似
畫憐香惜玉夜無眠
柳院春深夜燭花東風時候好年華銷魂雁字家書
至難把鄉心訴錦娃
爲愛琵琶按調新欲同紅拂學私奔平原有客還堪
助成就良姻感故人
曉粧鏡裏嘆春嬌叱撥牽來換翠翹從此多情都抹
盡寒沙冷塑小蠻腰
那是輪金意氣高分明舌劍與唇刀空教玉樹臨江
郎血染湘川紅半篙
飄蓬斷梗委荒邱幸值南歸處士舟闖道芳名人是
舊窮途攜上綵珠樓
積得相思債已懸閒來意緒總如麻閨中拔住傷情
淚連理重開並蒂花
功名猶未愧中年紫棘丹株御苑仙欲把多情還細
講鸞臺故使鏡重圓
雨困雲驕損翠眉重教薄命咏于歸從今了却相思

賬○夜○夜○朝○朝○比○翼○飛○

蕭雲槎 椿

夜叉棚底淚河傾剖背輕從月下盟如○此○美○人○應○薄○命○何○來○蕩○子○復○多○情○買絲欲繡黃衫客按拍難尋白石生一曲琵琶翻舊譜始知快士是公衡

玉茗花枯結夢思遊仙幾續晚唐詩余舊有金鳳緣鳥韵軒等劇寓言難得莊生旨脫手都非幼婦詞情至如君應○爾○爾○愁○多○似○我益癡癡聽花軒下挑燈讀露濕寒梅一兩枝

田丹崖 肇桂 右調西江月

小鳥啼時泣血江花落處銷魂北來南去可憐人誰遣珠沉玉燼　修月團圞自滿補天鈌陷能平筆參造化燦文心填就情坑恨阱

汪對琴 棣

情濃意曲好斟量金石同堅自得方猶豫郎心成忍刻盈箱也惜久深藏

生平難信是他心痛絕粧臺盟誓深嘉○耦○忽○然○嗟○怨○耦○怎○教○重○誘○見○夫金

堪傾私願逢名士可託微軀識鉅公若在彼原萍絮視徒矜豪貴野鴛同

煉石由來巧補天詞妍才贍總留傳名門復出箱重獻始慰人間恨可蠲

鄭溶 野塘

稗野何須問假真不堪遺恨溯江濱多情最是生花筆一曲翻成按調新

玉碎香銷不可留柔情都付水東流補天若少媧皇石誰遣鸞凰續舊遊

風月冰霜並一身貞心不減墜樓人偶拈毫彩傳芳烈演向氍毹總入神

歷歷傳奇數輩行悲歡離合遞登場從今譜出青樓節檀板新歌百寶箱

裴夫人沈在秀 岫雲

烟暖花飛欲暮春鳳儀門外草如茵初驚邂逅多情侶一抹遥山瑣翠翬

着意尋芳步碧堤美人訪得畫樓西笙歌達曙垂朱箔那管花驄柳外嘶

繫帛遥傳達帝畿銷魂遊子淚沾衣深沈未識儂心苦只爲情牽悵別離

數載沈淪只自憐一朝幸爲托良緣何期江上西風急催折幽芳並蒂蓮

芙蓉如面鐵如心棄寶捐軀衆所欽洗脫風塵秋水碧冰清玉潔叩禪林

義重金蘭柳遇春幾番鏡破喜重輪瓊瑤難荅綈袍贈又效鍾馗送妹頻

紅絲遥繫是前因迎得新粧卽舊人棒喝良宵渾似夢傷心往事未堪論

瓊林賦罷省庭闈更挾湘娥彩翼歸天憫冰霜還百寶遥空稽首謝神威

新閱傳奇杜十娘風塵薄命總堪傷若非百折詩人意千載芳魂恨怎忘

世間幾許最多情薄倖何云獨李生記否悽悽吟白首璇璣錦字寄邊城

百寶箱總目

百寶箱卷上

標目

末上天上排成佳耦人間續就良姻莫教鳳拆與鸞零傳奇多少事一半館娃人　可惜杜孅女俠還虧柳監書生薄情公子令人嗔青樓空好夢紅粉太多情來者李志

命選

外冠帶扮李都堂淨副淨扮二院子隨上【外唱】【梅花引】襟懷浩落舊名賢捲朝衣着儒冠爲問功名猶自愧中年已乞還山林下老看仕路幾人還着玉鞭【坐介】敷政慚方面辭官歎白頭相看同輩老次第報歸休老夫李志表字振羣浙江臨安人也永樂三年官拜都堂左副都御史今年六旬向外告籍在家夫人裘氏白髮齊眉孩兒李甲年已二十本當娶房媳婦老夫意思必須孩兒功名成就方可完姻因此躭擱昨見朝報奉旨捐選人才入監這到是箇捷徑路頭今日早春天

氣正好叫孩兒進京赴選也院子淨有外請夫
人公子上堂淨夫人公子有請
老旦扮夫人小生扮公子同上老旦唱繞地遊梁鴻
舉案白髮今初見膺紫誥南陵舊眷小生唱**磨穿鐵**
硯幾度年光遍歎一領青衫未換
見介老旦相公請老身有何話說外夫人請坐
老旦有坐小生爹娘拜揖外我兒你年已弱冠
功名尚未成就目今開捐監選到是仕途捷徑
且喜爲父的與你母親年紀未老精神頗健你

可乘此初春時候收拾行李進京赴選倘能坐
監三年蒙恩挑選不拘內官外職也是你出頭
日子我兒你意下如何小生爹爹母親孩兒赴
都到也罷了只高堂年登花甲身畔無人叫孩
兒如何放心得下外老旦我兒不須罣念
外唱玉胞肚**功名心念願孩兒雲路聯翩博得箇紫**
袖烏紗也不枉青燈黃卷似今日多開仕路舉才賢
努力登朝出少年
我兒你功名事大休要戀着家內誤了自已前

程

老旦唱〔前腔〕關山遙遠嘆風塵跋涉堪憐但看我鬢髮蕭蕭怎忘了慈幃惓惓〔淚介〕兒呵你離家使我夢魂牽望到京師雁字還

我兒你動身後須要一路小心做娘的放心不下倘得功名早早回來

小生唱〔前腔〕離愁千縷爲雙親五內憂煎且莫說金闕何邊早撇了萱堂侍宴〔拜介〕爹爹母親願從今板輿花節駐華年莫望雲山兩淚懸

〔丑扮書童挑琴劍書箱上〕老爺夫人在上書童叩頭〔外〕書童你好生伏侍公子上京去者〔丑〕曉得

合唱〔尾聲〕好趁此春和節候囊琴劍撿書筒編胥才名占直聆得紫棘丹株做了箇御苑仙〔下〕

訪柳

（老生扮柳遇春儒巾上）（唱）（賀新郎）白屋書生走風塵
壯懷如寄想平生學成文藝堪歎這兩袖青衫未浣
泥問雞窗磨礱幾許抱負着經綸志慶彈冠甚日酬
胸臆雲路遠幾時遇
（坐介）鏤筆裁詩累百篇文章不遇奈何天男兒
自有成名日莫憤他人早着鞭自家柳遇春表
字近光祖貫蘇州府人氏家世讀書雖然博得
一領青衿却也未登紫榜自愧不才忝居國學

同妻王氏僑寓京師已經二載計算坐監以來
轉眼三年將次可以就選了只是這國學中許
多朋友到也相處的甚熟每日往學中肄業同
輩見我老成忠直頗來親厚恰纔講書回來且
得少休半日（起介）正是人生只合安時命天意
何曾負讀書（下）
小生扮李公子丑扮書童隨上（小生唱）（節節高）縹緗
織錦機望雲程直上瓊林地黌宮外芳草離晴烟細
多才許飲宮墻水青年莫負男兒志滿眼京塵露桃

風何人解慰羈人意

小生自到京師捐選入監不覺已經一月同學中朋友雖多大半都是泛泛只有栁遇春一人待我獨好今日給假得閑往栁家拜望拜望一路行來不知是那裡了〔丑〕相公我聽得栁相公家住在賣餳巷內這裡是了〔扣門介〕栁相公在家麼

〔老生上唱〕〔西地錦〕僻巷春深門閉讀書高臥窮棲是誰來到袁安地聽他剝啄聲低

是那箇〔丑〕我箇李公子來拜〔見介〕〔生〕原來是李干先兄請坐〔小生〕有坐〔老生〕李兄入都已兼旬日小弟尚未一拜反勞文旆先臨實爲惶恐〔小生〕豈敢小弟年輕學淺援例入監老仁兄係前輩先鞭諸望指教一切敢不俯詣文壇席前拜謁

〔小生唱〕〔繡衣郎〕托黌宮共下書帷螢火雞更兩不離仁兄高致驚世文章鋪經史步瑤堦已點朱衣折天香應攀丹桂願從今樗材不棄願從今樗材不棄

〔老生唱〕〔宜春令〕教慚愧汗兩顚論才名爭如杜李不堪潦倒儒冠尚在塗泥裏但望着紫閣雲深怎飲得瑶池漿美自歎龍鍾到今壯志銷矣

〔小生〕尊兄過謙小弟此來一者爲文事請教二則客寓無聊别無知已尊兄不棄鄙才但得常時造門投謁便萬幸了

〔小生唱〕〔紅衫兒〕凄凉客底風晨烟夕處願得相依算友朋知已一開眉又況我術業同齊只爲着這些莫道我學淺才疎便高齋不啟

〔老生笑介〕領教領教〔起介〕〔老生〕一種高談驚四筵〔小生〕羨君雅量勝前賢〔老生〕良朋契合如膠漆〔合〕不作乘車戴笠言〔小生〕尊兄請〔老生〕請〔下〕

教坊

〔老旦扮鴇兒上〕〔唱〕〔惜奴嬌〕花月名娃賣春情多嬌媚悄勾欄風流勝會舞態歌喉蝶狂鶯醉慚愧漫排下銷魂女隊〔古調笑〕行樂行樂捲上珠簾繡箔教他歌管成行韓壽衣衫半香香細香細誰解多情滋味自家勾欄院中一箇媽兒是也俺這院落在京師也筭第一收養着許多粉頭接待四方嫖客不但房櫳華麗亦且飲饌精良勾引得那些少年

子弟你來我去竟無虛日內中杜媺女兒生得來更是十分美貌他詩詞歌賦無所不通歌舞吹彈那樣不曉這是一件他性情高傲就是王孫公子還要問箇有才沒才方肯接他大槪梳籠杜娘不花費上二三十兩銀子也不能到手今日無事且叫女兒們出來學唱多少是好女兒們走動〔內應介〕來了〔旦貼旦副淨丑各扮女粧上各自一句坐定〕桃花命天教院裏來可憐無限苦總是阿奴挨〔老旦〕唖你們喫得好閑飯

吓常言道七件事柴米油鹽醬醋茶那一件不要老娘支持你們這些丫頭倒好逍遥自在全不理會院中彀當前日叫你們唱的曲兒一箇箇都學會了麼〔衆〕都學會了〔老旦〕唱與我聽

〔衆唱〕〔山桃紅〕我爲你擁衾理被昵枕披幃伴着伊春宵寐箕姻緣這回俺與你坐相連走相隨儘風流記得一番夢也拚着箇雨困雲驕損翠眉好似魚和水但願得與夜夜朝朝比翼飛

〔老旦〕你們且進去温習温習〔衆下〕我到十娘房中去看他可會梳洗正是苦將歌管技來作教坊師〔下〕

〔小旦扮杜十娘抱琵琶上〕〔唱〕〔太平令〕繡戶朱扉院落深深薄暮歸低頭又逐烟花隊教人瘦減腰圍

坐下重勻粉面起來慵自梳頭百般心事幾時休正是春愁時候妾身杜嫩表字十娘自幼父母雙亡被人掠賣不幸落在勾欄院裏雖然椰絮情多可恨桃花命薄破瓜以來今年一十八歲蒙媽媽豢養却然與衆不同只是終無了局

也曾幾次有意從良怎奈薄倖人多又恐終身誤托天那我這寃業何時了也今日媽媽呌演歌詞噯我還有甚心緒幹這營生那

〔小旦攅琵琶介〕〔唱〕〔江頭金桂〕〔五馬江兒水〕怨着我花嬌梛媚反向這鶯花陣裏飛說甚風流意味美滿情懷抱琵琶空涕垂〔淚介〕〔梛搖金〕有多少雨潺雲迷燈燼人醉却不道便是王孫公子莫畫愁眉何堪解丁香自作媒〔桂枝香〕把香羅扯碎啼殘紅淚已心灰誰念我鎮日春閨怨不逐東風上下吹

〔老旦上〕夜態嬌娃少春懷淚子多十娘你在這裡埋怨些甚麼你我院子裏人迎新送舊賣俏買愁這是分內的事兒想你這等標致接的都是貴官豪客何愁一生吃着得盡你看那些丫頭倚門賣俏尚然没箇頭路你却休要自家傷損了

〔老旦〕〔唱〕〔二犯江兒水〕〔五馬江兒水〕伊休生悔輕將雙淚垂看你龍梳鳳髻翠繞珠圍恁良宵春睡美怎自泣深閨虛教香夢迷〔小旦〕媽媽說那裡話來我如今

呵〔接唱〕懶傍窗楣怕展羅幃慢相誇花羞與月避便遏盡妖韶狐媚總有箇魚沉鳶墜說甚麼送舊迎新這回

〔老旦〕十娘似你這般心緒却怎麼好我一家兒日子都在你身上况你青年美貌切莫恁般作想也罷明日是東院裏你謝姨媽家月香姐兒的生日我和你去走走代你散悶則箇

〔老旦唱〕〔尾聲〕却把箇情兒先自扯到舘娃宫暫相問慰十娘只怕你膩粉團香人詫美

我兒隨我進來不要煩惱吓〔笑介〕阿呀呀〔下〕

遊遇

小生扮李公子丑扮書童隨上〈小生唱〉〈風入松慢〉東風時候好年華看桃李紛葩客邅早起輕寒夜愛清遊樂事堪賒約伴探春去也京城滿目飛花

小生自到京師早又暮春天氣每日裡打從國學歸來獨坐客窗好無聊頼前日拜識得梆遇春兄彼此意氣相投却也算得一箇好朋友今日無事欲往梆兄處探望探望就取便到鳳儀門外看花則箇多少是好

〈小生唱〉〈桃花紅〉琴書暫罷整羅巾看素雅高齋客去情緒眞瀟洒漫掩柴扉相邀清話文讌人應醉酒家莫負了晴烟如畫〈下〉

老旦扮鴇兒小旦扮杜十娘上〈合唱〉〈黃鶯兒〉晴日曉窗紗整鸞粧簪鳳花春衫窄窄雙鴛掛花街徑斜芳堤路賒怕吳綾新襪香泥滑不爭差雲羅繡帶拂盡馬蹄沙

〈老旦〉好逐香塵趁早行〈小旦〉無邊光景一時新

〈老旦〉鳳儀門外春如許〈合〉應是鶯花第一程〈老

〔旦〕十娘出得門來你看梛烟花露是處紛披寶
馬香車往來不絕眞是好一番景致也
〔合唱〕〔攤破地錦花〕裊烟絲眞箇是春無價委實堪誇
芳菲處睛陌人家姹紫嫣紅溽雨輕霞占韶光都是
鶯壘與蜂衙〔下〕
小生同丑上作打照面介〔小生唱〕〔一封書〕呀嬋娟是
那家俏芳容張麗華分明照眼花乍相逢人又睬恰
纔走去的女子生得來十分標致不知是誰家宅眷
待我趕上前去飽看一回〔唱〕應是天仙身自化教我
猛把相思付與他〔下〕
老旦小旦上〔合唱〕〔黃鶯兒〕絲蔭小川斜問花村還幾
家行行汗透香羅䄂雲鬟半遮凌波半揸一灣灣來
到勾欄榭整裙衩雙鸞繡舄蹴損幾枝花〔下〕
小生丑仝趕上弔場望內介〔小生唱〕〔思園春〕呀我這
裡魂銷眼欲花儘相調倚傍七香車看他翠衿紅袖
粉黛映春華我兩意雲情若亂麻眞心猿意馬總難
拏
〔丑〕相公你看那箇女子恰纔走進那箇門兒內

去了想是這人家的女眷出來遊春的（小生）這
路旁有箇小小茶肆你與我問他一問只是不
好啟齒也罷待我做箇買茶吃的着而不着的
問他便了茶博士有麼（淨上）來哉來哉列肆茶
欵竈烹泉水滿壺相公囉呢請坐箇待我拿茶
來哉（小生坐介）（小生）我且問你間壁這箇門兒
一帶朱紅闌干是甚麼人家（淨）相公你問他則
甚他家是箇販賣行貨的人家（小生）販甚麼行
貨（淨）他麼販的是大牡蛤（小生）這怎麼說（淨）相

公他午夜吹彈繞席一行紅粉成圍排下勾魂
舞妓收藏醉酒花魁青年子弟趁相隨伴着花
娘隊隊
（淨唱）玉鶯兒他買笑作生涯列房櫳住美娃賣不盡
好相思錦帳裏風情鎮日價弄笙歌把繡簾日下（小
生）恰纔走去的便是他院裡人麼（淨）這箇小娘娘麼
（接唱）别班頭是鶯燕行中另一家杜嫩姐兒樂籍高
聲價最堪誇舞筵歌席領袖一叢花
（小生）原來如此這杜娘家住在那裡（淨）他住在

教坊司柳綿巷內是有名的嗄（小生）茶金在這裡（淨下）（小生）無端照見桃花面擬向粧臺學畫眉（下）

院樂

〔老旦扮媽兒上〕院宇春風寂寂庭花香靄沉沉無情恰遇有情人翠被良宵睡穩老身前日同着女兒十娘往鳳儀門外謝家一走遇見一箇甚麼李公子十分流連顧盼他竟拿了五十兩白銀送來我家要梳籠杜姐我問起來那李公子他父親是箇都堂御史非比等閑的人他來京坐監一定帶有許多金銀盤費若能彀勾引得他常時往來倒是一塲好買賣呢昨日公子

入院且喜杜兒十分心肯招接得他正是一對兒郎才女貌我今日叫下一班女樂伺候承應請他看花飲酒丫頭們收拾停當公子十娘將次出堂也〔下〕

〔內作細樂塲上設圍屏牀帳粧臺等件小旦盛粧同小生攜手上〕〔合唱〕〔惜奴嬌〕天訂良緣甚御溝紅葉合成姻眷繡櫳春淺多應粉黛挑憐憁憁挽手香閨同心願笑盈盈花枝顫栁絮偏却似裏王臺上遇了神仙

〔各坐介〕〔小生〕今日探花入醉鄉〔小旦〕不堪蒲柳侍仙郎〔小生〕誰教一枕相思夢〔合〕並作蜂狂與蝶狂〔小生〕我李干先緣慳分淺不想今日得遇十娘過蒙招接眞是三生有幸了〔小旦〕妾身殘脂剩粉蒙公子不棄得侍枕席好生惶愧也

〔小旦唱〕〔風入松〕華堂開處倚雙肩自含羞耿無言休說鸞綃帳裏鴛鴦占卸下了金釵螺鈿怎銷得這魂牽意牽莫忘了今宵的一種情緣

〔丑扮丫頭上〕請十娘陪公子往浣春軒看花飲酒則箇〔小旦〕公子請〔小生〕請〔仝下〕〔內作細樂撤屏帳粧臺各鋪陳另設酒席小旦挽小生手同上丑捧酒隨上內作細樂小旦遞酒介各坐介〕

〔小旦唱〕〔前腔〕金樽高奉玉人前酒紅磁暈眉尖〔小生接唱〕看取輕嚬淺笑桃花面況又是春寒夜淺莫辜負這花邊酒邊早拚箇羅衣唾碧痕鮮

〔小旦〕丫頭叫女樂們上來〔丑〕女樂們走動〔內應介〕來了〔內鑼鼓奏樂各旦扮女樂八名錦袄繡裙各執花籃逐對上內鼓樂各按拍舞介〕

合唱粉蝶兒行樂華年向朱欄排成佳宴問春風吹
向何邊月依墻香滿徑嬌紅一片漫把雲簫倚新聲
爲花歌遍內鑼鼓奏樂各舞花籃繞場介
合唱石榴花問誰把悄春情都付艷陽天看取那花
貼貼柳懸懸擺列着燭奴燈婢好歌筵千般旖旎萬
種嬌妍說不盡逞風流說不盡逞風流裁紅剪綠春
歸怨好教我憐香惜玉夜無眠內鑼鼓奏樂仝前介
合唱鬧鶺鴒整日裏撲紛紛紫縟紅飛撲紛紛紫縟
紅飛巧生生鶯梭燕剪空留下一株株柳眼梅魂一
株株柳眼梅魂亂離離雨絲風片且莫說春去人間

四月天早則是瓊玉卸試燈前細濛濛霧冷烟寒細
濛濛霧冷烟寒悄岑岑花房月殿內鑼鼓奏樂繞場
舞下
小生夜深了十娘請歸香閣罷小旦公子請起
介小旦攜小生手同行介
合唱錦衣香聽寒鉦更初遍銅漏壺頻傳箭更多回
嬌舞清歌張筵鋪讌多情先已醉花源誰堪再聽急
管繁絃小生十娘我愛殺你也今夜呵接唱怕被翻

彩浪頓教人廢却春眠頻剪春燈焰向陽臺夢裡把
瓊英獨占
（小旦）慢整殘粧倚笑多（小生）酒闌春錦夜如何
（小旦）雜人已報三更漏（合）莫向燈前只聽歌（下）

邊警

〔凈戎裝扮番將曾利先引衆上〕〔唱〕霜天曉角 英雄謀計虎帳龍旗裏長鎗大劍擁旌霓橫擺下三邊殺氣萬里行兵胆氣豪斷犀身佩雁翎刀揚鞭直指河東地策馬關山玉珮搖俺西昌國大將曾利先是也只因我國與中華土壤相接雖隔一座長城兵行不過二日便可抵各路關隘向來彼此通商到也兩邦和好怎奈那些守邊將士擾我牲畜因此奉國王命令提兵前來與那邊將素戰今已破雁門揚旌直上一路兵不血刃直抵潞州省會所得子女玉帛可也不少只是潞州堅守不能就破今日分兵圍困待他粮盡自降大小三軍與我排成陣勢者〔衆吶喊排陣介〕〔凈〕你看干戈密密鎧甲重重眞好兵勢也

〔凈唱〕前腔 吹唇拂地浩蕩兵無際烽烟草木無生意環列着鎗刀犀利

〔衆〕啟上元帥前面黃河渡口有兵渡河恐來救援須要小心〔凈〕衆將整頓隊伍休得惧怯與我

殺上前去衆吶喊繞場介

合唱【錦上花】隊伍整來齊遠搭雲梯雷鳴畫鼓風捲靈旗士啣枚士啣枚何處是投鞭地

丑扮探子上 報啟元帥探得黃河渡兵約有三萬人馬請爺令奪 淨 再去打聽 丑 得令 下 衆吶喊繞場介

合唱【前腔】橫磨劍削泥百萬披靡川原震動屋瓦全飛馬頻嘶馬頻嘶誰當這千行騎 同下

召征

副净扮差官蟒袍馬褂上唱四邊靜控馬塵飛早幾程官道揚鞭向風曉塞北下徵書江南奉丹詔兵戈四擾羽文傍卯欲令定城壕竚望捷音好

自家兵部大堂一箇差官是也前日邊報西呂國兵犯雁門一路州郡望風瓦解奉旨調取都堂左副都御史李志補授兵部尚書總督軍務帶領西路總兵官提兵前去救援俺奉着兵部火牌馳驛前往軍務警急不敢遲延正是烽烟寧息少驛馬往來多下

外扮李志角巾便服上唱太平歌歸休後白髮曉蕭蕭歎過了這中年容易老想孩兒去家春正好忽驚道時序秋來早爲問幾時金榜掛名高紫袖賜宮袍

老夫自命孩兒赴都應選不覺已經半載雖然勵志青雲却也傷懷白首論起來我孩兒才氣出羣定然挑用得上只是他少年心性不免惹了些奔競習氣做出事來亦或貪花愛柳肥馬輕裘做了箇浮蕩子弟只這一件常常放心不

下如何是好〔末扮院子上〕官休纔告退廷寄又教來禀上老爺有京師差官賫送聖旨到來不知爲着何事〔外起介〕快排香案〔末〕曉得〔副凈上〕九霄頒勅命萬里詔英賢聖旨下跪聽宣讀〔外〕俯伏〔副凈讀詔介〕奉天承運皇帝詔曰西昌國不守邊陲稱兵犯境咨爾李志素深韜略堪以督兵今特陞授兵部尚書帶同西路總管提兵五萬前往勦賊奏功之時另行爵賞欽哉謝恩〔外〕萬歲萬歲萬萬歲〔副凈付詔書外交末介〕香

案供奉〔副凈〕老大人着速起程小官回京銷差去也已賦皇華句傳將墨敕書〔下〕

〔外唱鶯啼序〕呀我奮雄才壯志難銷又把這朝衣親着剖虎符手握兵權莫道我功名垂老耀龍旂雁塔名標走鐵騎長城古道應自笑愧殺他出塞終童少小

只是一件我出兵後家內無人我想孩兒遠在京師不若喚他回來一者令我放心[illegible]下二則家園有托如此方好不免與夫人[illegible]

子請夫人上堂〔末〕夫人有請〔老旦〕扮夫人上〔功成還賜爵年老更思兒〕〔相見坐介〕〔老旦〕相公恭喜高陞兵部尚書爲國家掃除邊寇只不知何日起程呢〔外〕夫人我此去呵

〔外唱〕〔集賢賓〕朝廷寵命下紫霄恁威重權高把忠悃丹心來荅報定封疆誰惜憂勞烽烟四擾急切的提兵前道〔沉吟介〕諸事好只算了家園無靠

俺如今別無他慮只家下無人照應令我懸念我意欲修書一封遣人到京喚孩兒回來你意如何

〔外唱〕〔啄木兒〕間關隔邊境遥況你這萱堂人漸老怎不教赴遥人歸便向那胡沙招討恨不得鴻雁秋風先飛到怎肯江南塞北無音耗萬水千山兩處抛

〔老旦〕相公此去自然馬到成功今日喚回孩兒在家照應更不宜遲也須打發一箇的當家人進京前去纔是

〔老旦唱〕〔前腔〕聽言說心內焦滕下孩兒歸應早只怕他一紙書沉依舊是京都人杳〔淚介〕〔合唱〕嘆別離恨

春初秋杪一家骨肉全無靠教我夢繞關河兩地遥

（外）夫人我王命不能久停你且請回內堂待我卽便修書遣人入都便了（老旦下）（外）院子我修書一封你明日動身往京接公子回來則箇（末）曉得（外）正是還將白髮愁妻子剩有丹心報國家（下）

兵捷

雜扮四小軍各執旗旛分對吶喊上副凈扮總兵官戎裝持鎗上老生丑各扮中軍官捧勅印上外扮李志袍帶金冠後上

合唱六么令兵征西隴動干戈戰鼓鼕鼕看旌旗飄蕩日邊紅問誰敢阻前鋒排成鐵騎風雲湧

外大小三軍眾應介有外前面去潞州不遠你看烽火相連十分警急想賊人正在攻打城池總兵官你可帶領三千人馬赶往救援我自統領大兵隨後接應副凈得令舞鎗下

眾繞場合唱滴溜子一隊隊一隊隊將雄卒勇西風裏西風裏馬嘶人鬨令森森刀鎗掣動看他兵勢衰怎敵眾直教血染胭脂錦雲甲重繞場下

凈扮番將曾利先戎裝持鎗帥四小軍各執旂旛上

合唱風入松梨花鎗舞雪花風報道援兵蜂擁射鵰自有人千衆況騎卒馳騁縱橫好教你營空寨空兵來勢壓金墉

副凈扮總兵官帥衆吶喊殺上副凈天兵到此

尙敢猖狂還不下馬受縛等待何時（各舞介）

（副凈唱）前腔你逃蟻殘喘敢稱雄料道遊魂討窘王師到處壺漿送你怎敢稱兵肆縱頃刻的山崩土崩横尸遍野腥風（大戰介凈敗下副凈追下衆吶喊下）

（外帥二中軍上）（外）你看曾利先那厮大敗而逃潞州之圍俱已全解正是分兵空月暈飲馬蕩妖氛（副凈戎裝帥四小軍上）啟大老爺曾利先走了（外）他既敗出關外諒也不敢再來與我回兵復命便了

（合唱尾聲）鉦鼓聲高山岳動戰袍還着血衣紅爭奏麒麟閣上功（下）

遞書

（末扮老家丁上唱）（錦堂月）（晝錦堂）奔走天涯揚塵騾馬家書一封無價人在他鄉怎許浪迹京華（月上海棠）賫奉着萬里緘函休遣他三秋懸掛行行去看取雁字來時把書投下

俺兵部大堂李大老爺府內一箇老家丁袁鳴鳳的便是只因俺家老爺奉旨出兵自恐家內無人老夫人高年孤另特地修書一封着俺星夜往京師敢請公子回家于路行了許多日子

今日方纔到得都下你看人烟湊集車馬喧闐好生熱鬧一路行來這裡是俺家公子寓所不免進去門上有人麼（丑扮書童上）客舍門閑寂秋苔滿綠堦是那箇見（介）呀原來是袁伯伯你到京裡來則甚（末）老爺奉旨出兵着俺來請公子回家故爾到此

（末唱）前腔他爲到邊沙中心憂掛夫人北堂無那說公子年輕特地喚取還家（丑）原來如此只怕公子未必就肯回去的（末）却是爲何（丑唱）哪他空說着有志

功名翻得了多情聲價休教罷整日的臥柳眠花恁
般怎捨
（末）公子來京坐監老爺夫人十分期望難道他
竟不肯館內讀書終日在外邊浮蕩的麼（丑）袁
伯伯
（丑唱）（醉公子）堪訝總只是歌筵舞榭問京夜青燈竟
成虛話眞詫算尋樂三春有箇娘行相伴着偷訪處
說杜十娘家翠眉曾畫
（末）似這等說公子益發不該在京了（丑）袁伯伯

你還不知他帶了許多銀子如今將近用完總
花費在勾欄院裡（恨介）我跟他來到這裡也不
知何日還鄉看起來鄭元和出賣來興到是有
分的了（末）我且裏面去見公子將書投上一力
勸他回去看他怎麼說（小生扮李公子上）客窗
秋夢冷冷花閣夜情穠（丑）相公家內老爺遣袁大
叔寄書來京在外要見（小生）着他進來（末）公子
在上老奴叩頭（小生）起來老人家你幾時動身
來的老爺夫人好麼

末唱前腔老爺夫人呵今夏爲着邪斜封勅下念王國身家兩難拋捨休罷算南望吳山北苧行旌西跨馬書一紙教帶月披星飛投庭榭

取書介小生接書介小生老爺奉詔出兵我這裡當下見了京報就知道的末老爺夫人爲此遣老奴急急來京請公子回去十分懸望就要動身的

末唱尾聲你離家早又秋風夜怎放鄉心不顧家公子呵須也念越地人孤日將珠淚灑

小生老人家我父親叫我回去原要就動身的只是我策名國學也要告箇假兒必須消停幾日方可起身

小生唱漁家傲我名在賢書學裡查我欲整征衫今別館衙也須給假呈堂下怎比得閑人瀟洒旅客飄蓬輕帆便掛屈指算介老人家我好是秋深一到家

末公子老爺夫人吩咐老奴請公子剋日起程如何恁般說法冷笑介

末唱前腔看到是梆院探春夜燭花那裡是條舘分

燈詩壁護紗玉堂未必騎金馬空教那雙親念望地北天南常離膝下（公子）你莫把鄉魂近館娃（小生）那有此話老人家我先修書與你回覆老爺夫人我自隨後便來罷了（末）老奴就要動身的（小生）一望江南隔遠天（末）教人兩地眼雙懸（丑）人生只合家園住（合）莫向天涯老少年（下）

誓嫁

小旦扮杜十娘上唱繞地遊停歌罷舞莫解情懷苦悶對瑣窗朱戶愁壓眉嫵悲含玉注冷凄凄風前落井梧

昨夜西樓月冷今朝南院歌殘一般心事兩般難欲語纔言又懶俺杜媺自從接得李公子情投意合十分恩愛我看公子爲人到也風流老實我因此留心在他身上就要了我終身嘜想我栁絮飄風何日是了就與李公子做箇偏房侍妾不至落籍勾欄這心願也就罷了前日媽媽嗔我不接他人又見公子手頭鈌乏與我爭鬧一塲說我既貪戀着他竟叫李公子拿出白銀三百兩贖我從良說便怎般說法但不知公子意下如何且等他到來與他計較則箇

小生扮李公子上唱破齊陣夢醒鴛幃漏鼓魂銷雁字家書一種離情千般别恨說與佳人氣苦小旦起迎介公子爲何來遲小生唱莫道深閨人聆久只恐遥山客去孤愁懷怎剪除

（小旦）公子怎今日恁般不樂（小旦唱）玉芙容 其中事有無箇裏人難估莫不是藍田有玉鵲橋無路知情話兒應須訴怎鎖着眉尖不肯舒因何故恁吞聲不吐好猜疑賣的是甚藥葫蘆（小生）十娘我與你相處無多日了（小旦）驚介 却是爲何（小生）我家老爺遣人寄書來京叫我回去我想父命詔子不得不還兩三日就要收拾動身只是怎生抛撇得你也

（小生唱）懶畫眉 最關情玉體夜橫鋪却不道雁拆鸞分兩地孤好相思一筆怎勾除是誰能續就姻緣簿博得箇地久天長比目魚

（小旦）公子奉命還家這也不能不去妾有一言敢申衷曲妾蒙公子過愛寤寐不忘公子若不棄烟花賤質許侍衾裯相隨公子還家死而無怨前日媽媽已曾說過許我從良只是要三百兩銀子便可贖身出籍不知公子意下如何（小生）十娘如此錯愛小生更有何辭只是我家老爺家法甚嚴今日與十娘回去那時若不相容

却怎麼是好（小旦）呀公子忒過慮了妾雖落籍
教坊倒也頗可自信的㖿
（小旦唱醉扶歸）你道籍勾欄好似花無主囀春鶯偎
人泣道途可知我這冷心情不逐柳棉浮早春雲斷
却巫山路（哭介）只須憐離魂倩女夜尋夫莫道是還
家浪子秋攔婦
公子若准從良我到家日自有箇道理兒包得
老爺夫人决不見罪倘有不測都是賤妾承當
便了（小生代小旦拭淚介）（小生）十娘恁般情况
令我心碎只是還有一件我盤纏俱已使盡那
從措備三百兩銀子這却如何是好
（小生唱山坡羊）猛教我紅啼碧唾我怎把你終身躭
誤好是俺心內提糊挈空囊更沒箇金錢財（淚介）撲
簌簌早心兒酸又楚聽着你頻吩咐繞却迴腸幾度
甚秋雁啣蘆教鶯兒燕兒冷秋蕪憂麽哭情多哭處
疎窮途對娘行雨淚枯
（小旦）公子若果鉄之妾尚蓄有百金公子只設
法出二百兩銀子湊與媽兒這事便行了

小旦唱【好姐姐】我學春娘跟隨了丈夫捲香奩把私囊盡付公子呵我排成花幛錦屏兒靠着您扶（合）閑凝竚從今莫向靑樓住相伴秋風逐路途

（小生）十娘有心如此小生一定要遵教的我有箇朋友桺遇春兒到也疎財仗義待我與他商議挪借這宗銀兩與你贖身便了

小生唱【尾聲】平原有客還堪助應使雙星人得渡乘槎直到三吳

（小生）秋中猶自客天涯積得相思債更賒（小旦）莫把多情向寒夜（合）平教風折雨枝花（下）

助李

老生扮柳遇春上唱滿庭芳江左才名京都夙學照人雅量清襟幾年書幌終夜照籌燈功業定須年少客儒冠何日抽簪莫道是文章誤我釋褐已垂紳

一生遇合總憑天今日除官尚早年我是玉堂金瑣客文章猶許冠諸賢俺柳遇春自在京坐監以來光陰迅速不覺三年已滿前日援例挑選吏部奏補俺國子監監丞之職今日告假省墓與夫人暫歸江南且喜都堂首肯我又聽知

李千先兒前日他令尊大人有書叫他回去我欲約他同行但聞他在杜家院裏終日貪歡弄得兩手空空還不知去也不去他昨日遣書童來說要會我談談只得在家等候正是得邀知己閑來往又爲他人一款留

小生扮李公子上唱夜遊朝客裡交知零落甚問艮朋幾日登程今夕離歌昨宵別夢怎禁得多愁多悶

嗳我李千先好薄倖也前日杜十娘要我贖身我因盤纏告盡硬着心兒回他誰知他倒貼出

一半銀兩料我湊足噫世間那有這等有心女
子今日我來與柳兄商借只恐柳兄未必便肯
怎麼是好正是多情翻怨女財盡欲依人柳兄
在家麼
老生上唱虞美人秋天寂寂秋容淨打疊行裝穩三
年書劍歎飄零恰得飛鳧一日轉家門
見介李千兄請坐小生有坐柳兄何日榮行老
生尚可寬假半月小生小弟此來一者候問行
旌二來有事相懇老生李兄有何事見委小生

老仁兄小弟今日呵
小生唱二郎神來相問擬行行秋風令信我囊橐全
空懸一磬求官季子如今告盡黃金撿點縹緗還自
省单剩了殘書數本有誰人念客底寒窗一盞秋燈
老生莫怪小弟說尊兄少年浮蕩把許多銀子
都花費在勾欄院裏杜十娘家今日赤手空拳
那院裡粉頭恐也未必容你再去可不懊悔遲
了小生小弟正爲此來那杜十娘呵
小生唱鶯啼序淡描容不設傅香枕史宣城另有調

羨他啼紅怨綠羞人問閑粧樓鎖住幽魂他合歡床
倚獨眠人不圖邪燕巢中睡穩便是他與小弟呵好
應承一種情懷多少温存
目今更有一件奇事他願隨小弟從良鴇兒勒
索三百兩銀子小弟實因貧乏不敢應允他把
蓄積的許多銀兩盡行將出教我湊成足數與
他贖身〔老生〕這也難得嗄
〔小生唱〕前腔他念窮儒突覺多情甚爲秦嘉詩織迴
文我歌樓没有纏頭贈倒賠箇趙瑟秦箏他碧紗窗
下典金簪更何曾計珠餘玉剩好銷魂教我如何素
手相成
〔老生〕似這等說邪杜十娘眞是箇有心的女子
了看起來他既有情兄難無義也罷我如今借
二百兩銀子與你你可將去贖他完此一庄美
事〔小生〕如此小弟十分感謝了
〔老生唱〕不是路恁小青春嘆殺俏心情太識人頻提
論却同紅拂夜私奔〔作取銀付小生介〕〔小生接唱〕謝
深恩相思一担都肩任成就良姻感故人〔合〕眞奇幸

何郎早有人帮襯這般緣分這般緣分

（老生）李兄此去果能贖取杜娘倒也是一段佳話只是尊嚴尊慈在家懸望也須早日動身纔是（小生）領教了（老生）憐君兩處成離恨（小生）爲我三生了夙緣（下）

贖身

（老旦扮鴇兒上）楚舘吹殘蝶夢秦樓拆散鴛行忍教紅粉卸新粧人去窈娘堤上俺家杜嫩女兒自從接了李公子到今半載他一心在他身上再不肯另接一箇人兒起初來那李公子手內還有錢使用我也只得由他誰知後來没有一文呆着臉兒在我家走動那了頭不知高低只管迷戀着他老身倒要賠茶賠酒前日我與十娘說過要他三百兩銀子贖身限這窮儒三

日內交兌諒他没有這宗銀兩我却要赶他出去那時十娘也無得說了今朝已是三日且等十娘出來看他如何說法

（小旦扮杜十娘上唱）（掛眞兒）閨閣深深人似醉聽花間幾次催歸別母情懷隨郎意味廢却一朝濃睡

（老旦）十娘我前日限李公子三日內准備三百兩銀子贖你從良今日抵限若没這宗身價你却休要怪我（小旦）媽媽

（小旦唱）（浣溪紗）你休尋罪且慢嗟甚人兒怎敢空回

他細囊没有青蚨串你紅縷怎教紫燕飛〔老旦〕你也不必口强看他今日怎麽再上我門〔小旦唱〕誰强嘴自然一斗珍珠還價倍太平錢十萬盈車

〔老旦搖頭介〕我看這窮儒也窮到盡處莫說大話了

〔老旦唱〕前腔他心兒愧意轉悲弄虛辭被褋言歸他黃金投分全無主你紅豆相思欲寄誰終須愧笑伊玉洞桃花空自美阮郎來一路雲迷

〔内叫介〕十娘快來李公子來也

〔小生扮李公子丑扮書童負箱上〕〔小生唱〕劉潑帽繫彩鸞准備了成雙對更不許賣春風玉倚紅偎媽媽你再莫將心意兩遲迴我今日洛陽橋已把這金錢備

〔取銀遞老旦介〕媽媽這三百兩銀子一毫不少再無話說的了〔老旦〕呀這銀子是那裡來的

〔老旦唱〕朝天懶我只道百琲珠環不滿圍怎料得藍田驛美璧歸教人心冷意成灰怎相回竟吹簫女史驂鸞配夜向秦臺作對飛

〔小生〕十娘我先回去雇倫船隻明日接你同行你自早些收拾媽媽小生暫且告別〔下〕〔老旦〕我兒你且坐下我有話講我想李公子雖有這宗銀兩贖你出院他少年未娶他日倘另擇良媒你一竹竿不得到底况他家老都堂是何等人家怎肯容留得你莫若將這銀子退還與他還守着我們院中生活快樂終身你何苦只晉戀着他吻

〔老旦唱〕〔望吾鄉〕漫捲鴛幃相將便告歸丟繮逸馬難收轡豪家自有鶯成對莫把心機費風情事老大悲

酒不盡長門淚

〔小旦〕呀媽媽說那裡話來

〔小旦唱〕〔太師引〕先是誰傳燈謎教鶯簧蝶粉去作媒旋把箇杜韋娘尋罪說風流都惹是招非〔老旦〕誰來罪你〔小旦唱〕翻雲覆雨眞嘴碎你還恁地要納聘窮奢文君已許婚配歸翻逼得相如輸盡了金幣

〔老旦〕你這妮子我是一片好心爲你你倒冲撞我起來我若不許你去看你怎麼得去

小旦唱前腔我翡翠眉彈珠淚俺從今可也冷下帷都向這石家樓身墜任從他粉黛成灰老旦這等可惡我今讓你從良只是一些東西不許你帶去小旦哭介我杜媺在你家還的債也彀了媽媽恁般狠毒呵唱我囊箱錦繡花樣美也曾賺得金翠盈堆怎生呵寒機冷下人獨歸全不念調笙吹管的情味

小旦悶倒老旦慌介呀不好了十娘快些醒來丫頭們快來副淨丑扮二丫頭急上扶小旦介阿呀姐姐醒來姐姐醒來

小旦低唱金蓮子心慘悲好教我肝腸斷處人憔悴便杜宇枝頭復又飛只怕這哭春聲要啼殘血淚夜臺歸

老旦好了十娘你如何恁般性兒做娘的一時嘔氣唐突了幾句就這等悶厥明日到人家時也須要忍耐些兒我且扶你睡睡去來正是多情勞夜怨臨別冷秋懷扶小旦下丑唯姐姐你看十娘這般模樣那老乞婆尚然疼惜着他他明日去後又好嗔俺們沒用了副淨做樣介呸

没用没用看取情郎迎送連宵翠被雲翻整夜帳鈎聲動何須做樣裝喬只要能頑會弄丑作勢介弄弄弄弄教你不留一縫渾打下

送别

旦扮謝月香貼扮使女攜彩箱上〔旦唱〕一江風〔望雲天隻雁橫孤影況是西風冷聽驪歌料道深閨應有人兒撇却雙鴛枕想桃腮濕淚痕湮殘杜錦紋聽說去頻相問

夜館人眠早秋江客去遥又聞同伴女幾日上蘭橈俺鳳儀門外長春院謝月香是也前日打聽得杜家十娘姐姐愛上了臨安李公子贖身從良約定明日隨那李郎登舟回籍俺與他姊

妹一塲好生割捨不下他春初曾將一箇箱兒寄存我處封鎖着許多金珠百寶怕他家媽媽看見教我收好道我他日從良臨行付我今日只得將這箇箱兒送還與他就此與他拜别則箇噯十娘你眞有心人也

〔旦唱〕意不盡歎秋娘偏尋得有情人早風舶船兒坐穩俺謝月香呵却一似花捲東風不得箇葉落根

這裡已是杜家門首姨娘在家麽〔老旦上〕行裝何日整别淚一時傾是誰〔開門見介〕呀原來是

謝家姐兒今日甚風兒吹得到此請裡面坐〈旦拜介坐介〉〈旦〉了頭過來見了媽媽〈貼放箱拜介〉姨娘萬福〈老旦〉好呀一發長成人了月香姐你此來爲何〈旦〉俺聽得十娘姐姐好處從良今日特來送他一送

〈旦唱〉〈秋夜月〉娘有情肯把蘭香贈欲按琵琶調新令陽關一曲傷心聽行期早暮近爲娘行幸幸

〈老旦〉月香姐如此多情恰也難得十娘快來月香姐在此了頭看茶出來〈旦〉不消罷

〈小旦扮杜十娘丑扮了頭隨上〉〈小旦唱〉〈夜遊宮〉慢把香奩整頓掩房櫳收拾花簪問歌情舞態掃盡無存梁上塵衣上粉總銷魂

呀月香妹子到來失迎候了〈拜坐介〉〈旦〉姐姐今日你好喜呵

〈旦唱〉〈山桃犯〉你自把香雲整更沒有青樓分聆才郎得箇人投奔舊日風流一抹的都勾盡十娘姐姐你今番呵似高飛彩鳳雲霞襯把鴛鴦故侶撇下紅塵

俺與姐姐相好有年今日姐姐臨行别無他敬

這箇箱兒是做妹子的畜下一點私房特將來送與姐姐休得見却（小旦謝介）却是多承賢妹厚貺了丫頭收進去（丑是哉取箱下）

（旦唱）（前腔）嘆自小同心性厮赶着燈隨影甚東風拆散鶯兒陣我緑窗前再沒有花箋問這箱兒可是歌臺一束穿花錦姐姐你相思後日睹物懷人

（老旦）月香姐你兀情重了教人如何消受得起你家媽媽得你這般長進娘兒們厮守着院中日子將來你媽送老歸山都靠着你了偏我這寃家性兒不定弄得箇半途而廢我好生氣苦也

（老旦唱）（前腔）好教俺添愁恨一霎的狐疑甚恁匆匆撇的人孤另（小旦）媽媽非是女孩兒恁般拋捨一來凤世良姻二來也要圖箇終身到老（接唱）我舞飛英盼不到風兒定到今宵可是三生了這前緣分怎無情忘却豢養深恩

（老旦）今日難得月香姐兒在此老身備得一杯水酒就與十娘送行則箇丫頭看酒（丑送酒介）

老旦遞小旦酒又遞旦酒介各坐介
老旦唱前腔想着你花冠穩撇下這殘脂粉冷情兒怎向勾欄問你享榮華未必把娘兒認老旦泣介小旦起拜老旦介小旦媽媽你恁般作想接唱女孩兒呵縱離塵不斷青鸞信甚天台路杳隔的雲深
月香妹子我明日去後你可常來走走我媽媽年老沒箇知心人兒望你用情兒照應照應老旦哭介小旦起拜介媽媽請上待女孩兒拜謝
小旦唱尾犯序多謝酒頻斟早向樽前堆貯愁悶會

少離多要相逢怎生合唱這意緒教人淚抆這意緒教人淚抆小旦唱相遺贈來朝別後留下舊犀簪
旦姨娘俺回去也杜家姐姐保重保重小旦妹子去了小旦旦相持哭介旦下老旦西風吹夢到天涯小旦入向臨安欲作家老旦冷落夜闌歌管地合不堪酒涕對秋花下

舟泊

丑扮書童上流落他鄉半歲弄得衣衫彫敝如今得命還家倒添箇人兒同睡自家李公子書童的便是自從隨俺家公子到京坐監整整六箇半月只說他讀書上進謀幹功名他却把玉堂金馬的文才變做了竊玉偷香手段今日嫖明日嫖弄得箇精打光在前家內老爺夫人遣人來京請他回去怎奈盤纏使盡難以動身還虧那柳遇春相公借與他一宗銀兩方纔有了

路費如今是兩箇人來京變作三箇人回去你道是誰就是那宜春院裡的杜十娘跟着同行因此雇下一隻大大船兒前往臨安不覺一路行來早到了揚州地面公子着俺買些物事先往江口等候只得趲行去也正是青雲無到日紅粉有歸期下

末扮船戸小生扮李公子小旦扮杜十娘貼扮梢婆同上合唱玩仙燈目斷遙天人上蘭舟路遠看不盡秋水清漣秋山淡淺望家鄉鴻雁何邊懸掛着一帆

輕便
小生 十娘這是瓜步地方前面大江出口你看
茫茫遠水滿目蘆花疊疊遙山數林楓葉好令
人感懷憑聆也家長與我把船搖出江口去者
末 曉得搖船同下
副淨扮船戶淨扮孫富搖船同上 合唱 一落索 何處
打魚船槳壓波千點一番風汛好遷延看折落遠帆
千片

副淨 自家姓孫名富表字希賢祖貫吳江人氏
家下頗稱饒裕一生經商為業前日在揚州貨
買了些貨物討取許多客欠今日回家赶行至
瓜洲江口急切的要過江去偏是今日風色不
順嗳家長我們把船停泊在此候風開行 淨 曉
得纜船介副淨淨坐介
小生小旦末貼旦照前搖船同行上 合唱 玩仙燈 暢
好風烟江上驚濤亂捲一抹的畫舸離弦輕舠似箭
過霜洲疎柳堤邊相傍着漁罾釣線
末 唯相公今日風大不能過江我們把船灣泊

了再作計較你看那邊的船兒也是阻風的我
們一帮兒同住下罷〔小生〕最好〔末〕挽船介〔小生〕
十娘船住下來你自廻避了〔小旦〕知道〔小旦〕貼
同下與副凈打照面介〔副凈〕驚介呀好一箇標
致女子可惜進艙去了這船上少年是甚麼樣
人待我盤他一盤〔小生〕一邊坐矮橙末坐地介
副凈向小生舉手介請了〔小生〕請了〔副凈〕不敢
動問高姓大名仙鄉何處是往那裡去的〔小生〕
小弟姓李名甲自京師中來往浙江去的

〔小生唱〕宜春令臨安道是故園客皇都今秋暫還〔副
凈〕原來貴處就在臨安爲何久客京師〔小生唱〕望青
雲無路功名不遂男兒願便教我萬里鵬程變作箇
篷窗晝掩〔副凈〕今日回府府上還有何人〔小生唱〕宅
上雙親白頭華髮千點
〔副凈〕這等令尊大人是在家享福的了
〔小生唱〕繡衣郎問家君紫禁朝元臺閣都堂舊策賢
新操兵柄平定西昌旌旗建〔副凈〕莫不是都御史新
陞兵部尚書的李大人麼〔小生〕不敢〔唱〕報皇家名重

三邊射天山功成一箭曾膺過鸞封數卷曾膺過鸞封數卷

（副淨）這等說起來足下是一位貴公子失敬了（小生）豈敢尊兄不敢動問尊姓貴籍（副淨）在下孫富吳江人也雖然捐授了一箇部員無志功名經商爲業今日恰好也要回去明日與兄一路打帮同行何如（小生）甚好甚好我們把船兒移向馬頭上住去（副淨末淨同應介）是哉（各搖船介）

（合唱）（尾聲）征篷共倚好秋天何時颺颺晴風便搖出這玉壺銀練（下）

聽歌

（小旦扮杜十娘穠粧艷服上唱）【望吾鄉】鄉路迢迢江南望眼遥天邊聽取征鴻叫霜翎解與傳音耗（小生扮李公子上接唱）江上輕寒早西風謦葦葉飄何處是臨安道

（小生扶小旦肩介）十娘你看一派江聲一輪明月是好秋清景象對此茫茫令我好生感嘆也

（各坐介）

（小生唱）【榴花泣】【石榴花】風塵撲撲磨盡少年豪更無語上蘭橈怎禁他烟月好良宵【泣顔回】聽江聲一枕寒濤我魂銷意銷況冰壺玉鏡秋來照好教人一種閑愁擺不下百年懷抱

（小旦）呀公子自從你動身出京妾和你一路盤桓已經一月今去家不遠看你常懷憂悶百般的不是全没些箇歡喜意兒却是爲何

（小旦唱）【前腔】人生若寄休把意兒焦名共利總無聊看荻花楓葉兩瀟瀟眼前的無限飄搖甚憂多恨少對冰輪莫把金杯惱妾雖女流各事兒倒也擺脫得

下的公子呵莫慢將淚眼輕拋且須把綉眉全掃
今夜這般好月無以消遣待妾將琵琶取出彈
唱箇曲兒與公子解悶何如（小生）江上琵琶最
爲難得況又十娘妙手一定是令人心醉的了
請教（小旦小生同起介）（小旦）風前度曲當秋靜
（小生）月下聽歌廢夜眠（同下）
副凈扮孫富上（唱）新荷葉凉月凄凄冷露袍想銀蟾
照人天孀多情曾許遇春嬌可憐巫夢幽歡少
俺孫富阻風江口悶悶無聊前日遇見臨安李

公子他也移舟住此俺與他一帮兒船廝併着
彼此接狎倒做了箇傾蓋的朋友誰知他帶一
麗人同住舟中昨日偶然瞥見眞箇有沉魚落
雁之容避月羞花之貌令我這點酸意兒從脚
跟下一直酥到顚頂今夜月明如洗我客舟孤
另又且遇着這等美人罣心罣意的如何便睡
得着我且上岸踱月消遣消遣多少是好
內彈琵琶唱副凈驚聽嘆好內一面唱介（小旦唱）扨
芝蔴清江秋寂寥寒月孤輪照月影高江聲悄誰唱

凄凉調樽前一曲響入雲霄聆晚烟洲畔西風櫂魚汀雁磧都驚覺

（副淨）這是那裡唱歌是好琵琶是好音節也（繞場尋聽介）呀這是李家船上一定是那麗人彈唱天下那有這等妙人妙音眞令我羨殺也

（副淨唱）（畫眉兒）更深夜悄月小山高曲終人杳是誰歌艇夜乘潮是誰歌艇夜乘潮好是蓬壺奏玉簫一聲聲令人傾倒一聲聲令人傾倒

內又如前彈唱副淨如前聽介內一面唱介（拗芝蔴）

相思都路遙相憶都年少紅袖招朱顏好容易催人老天涯地角况隔衡陽道幾時歸去何時到蘆花江上空憑眺

（副淨）呀一發唱的入情動聽了

（副淨唱）（畫眉兒）宮商曲好絲肉音調櫻桃破了教人心癢意難撓教人心癢意難撓應比湘靈鼓瑟高悄魂兒一宵飄渺悄魂兒一宵飄渺

（淨扮船戸上）夜深了俺船上孫相公不知那裡去了待我喚他一聲噲孫相公快回船罷（副淨

呸我在此看月這般大驚小怪（淨）江灘裏恐有癩頭黿咬下江去（副淨）放屁家長我們明日是不開船的（淨）相公明日風順便開（副淨）我們在此阻一月風便好（淨）出門人要討吉利休得亂說快些回船去快些回船去（淨推副淨下）

計騙

小生扮李公子上唱奉時春小艇纜維綠水邊說不
盡悶懷難遣瓜步洲清邗溝波淺搖搖一葉偏舟暫
我李甲自與杜十娘駕舟還家不料阻風在此
已經三日好生憂悶且喜遇着這吳江孫兄與
我一見如故雖然萍水相逢也算訂交頃刻他
見我舟次寂寥今日邀我過船小飲却也不好
叨擾得他奈他務要相請只得到他船上一走
正是江頭有客垂青眼舟次何人泛綠醑下

百寶箱 卷上

副凈扮孫富凈扮家丁上副凈唱前腔昨夜歌聲在
耳邊早寫出相思一片多少情懷無窮心念何時得
見芙蓉面
副凈向內叫介李干兄請過船來小生上有情
成夙恨無意得新交過船相見介小生小弟萍
踪浪迹蒙兄見招不敢過却只是叨擾不當副
凈好說四海之內皆兄弟也我見兄愁腸鬱結
似有不快意的事兒今日特置一杯水酒與兄
談談就把船移住大觀樓前看月暢飲一回只

是客中簡略幸恕不恭請坐院子吩咐家長把
我們船搖開去者看酒（淨）有酒（取酒介副淨小
生對坐介）
（副淨唱）不是路倚櫂秋天喜傍鄰舟柳岸前休辭倦
人生那處不同筵（小生接唱）我握空拳一杯還未邀
酬餞反辱郇厨自覺嫌（副淨）李兄休要這等說你我
萍踪適合不必更作恁般客氣（接唱）金樽便他時南
北分飛燕莫嫌粗宴（小生）多承佳宴
（副淨）李兄小弟有句話兒請教足下今日回府

還是自家告假省親的還是尊公老大人請回
去的（小生）是家父命回去的（副淨）莫怪小弟說
李兄可惜未曾一第若能得第回家可不把尊
公老大人歡喜殺了（小生）正是家父期望甚殷
只恨自己不才不能博箇衣錦榮歸好生悶悶
（副淨）這也不妨兄有如此才品不過目下時運
不齊將來定然高發況且帶京銀兩料然花費
無多今日完璧歸趙老大人有愛子之心斷然
沒有話說的請酒（小生）尊兄有所不知小弟在

京做下了件沒出豁的事來目下弄得進退兩難眞令人委决不下也（副淨故驚介）甚麽沒出豁的事情

（小生唱漁燈兒）只恨俺負青春買笑歌筵因此上倚紅粧夜下珠簾（副淨）這又何妨你我離家作客這點走動那箇沒有（小生唱）弄得囊橐蕭然沒半錢（副淨）原來爲此（小生唱）爲着這風流情線倒做下夙世寃牽

（副淨）如此尊兄回去老大人是有一番責罰的了小弟情愛不敢動問昨夜尊兄船上歌者是誰（小生）實不相瞞這就是院中一箇名妓杜媺隨同小弟回南故爾帶在船上（副淨故驚介）這就不該了非是小弟多嘴尊兄失意還家貲裝告盡倒還帶了一箇麗人回去老大人斷然發怒那時將你心愛的人兒遞解回京還要做罪在你身上呢

（副淨唱風入松）你高堂軌範向來嚴他先把烟花人遣你渾身是口難分辯現擺着箇桃花人面（小生慌

介這等說小弟是回去不得了但又迫于父命不敢不歸却如何是好副淨唱還說甚風流繾綣恩和義兩無緣

小弟到有作沉吟不語介小生尊兄欲說又止小弟不揣冒昧今日以心腹相商是要請教箇主意的副淨甚麽說話小弟承兄一見如故敢不盡言只是不好唐突小生請教副淨如今爲兄畫策須是遣去那人繳還尊大人寄京銀兩方能回家安穩只可是尊兄做不來的吻小生

尊兄高見極明只是這箇女子隨我到此半路上叫他那裡去此計大難

小生唱前腔我迴腸萬結好難言南望吳陵家遠這裙釵怎比男兒便難道竟中途拋遺副淨只是有箇歸着便好小生唱那箇肯藏嬌貯艷窮途裡一週全

副淨兄如此講張小弟事到其間不能不說古人云當斷不斷反受其亂尊兄若肯捨得何不將這粉頭送與小弟小弟情願奉贈白銀一千兩尊兄帶回家去老大人見有這宗銀兩曉得

足下在京是守分的了豈不兩全其美（小生）小
弟有甚難行只恐小妾倒有些杠口呢
（小生唱）（桃紅菊）他願從良相隨了半年路迢迢山遙
水遠落英今已沾泥絮怎生教迴風再旋
（副淨冷笑介）兄放心這等人水性楊花無處不
着我明日將銀子偹辦現成候兄回信即便送
過船來（小生）如此却承厚愛了請（副淨）請（小生）
誰將紅叱撥來易綠衣裳（下）（副淨吊場介）今番
上了我算我好快活也明日且討回信准偹銀

子要緊（欲下又回介）且慢假若這箇粉頭他竟
不肯隨我這便怎處（沉吟介）不妨我有的是錢
似我這等財主那裡去找怕他不肯怕他不肯
（笑下）